Ausstrahlung geplant für den 10. April (Mo) ab 19:00 Uhr!

Shogo Waki
Reporter aus der Nachrichten-Redaktion

Der Geschmack ❀ von Glück ❀

INHALT

Der Geschmack *von Glück*

...
UND MIT MISO AN-GEBRATENE LOTUS-WURZEL MIT KONNYAKU**.

CHICKEN KARAAGE*,
...

...
OMELETT MIT KABELJAU-ROGEN ...

YOSHIRO ISST SCHON WIEDER ALLEIN.

HAT WIEDER 'NE ÜBERTRIEBEN GROSSE LUNCHBOX DABEI.

OBWOHL ER NIEMANDEN ZUM TEILEN HAT.

LASS IHN DOCH.

OKAY, DANN MAL ZURÜCK AN DIE ARBEIT!

PING!

#01

*FRITTIERTES HÄHNCHEN
**GELATINEARTIGE MASSE AUS KONJAKWURZEL

WA HA HA! HAUEN WIR AB!

WER HAT GESAGT, DASS WIR DICH EIN-LADEN?

HE, NEUER!

WIR SCHMEISSEN HEUT 'NE WILLKOM-MENSPARTY FÜR DICH!

JA, ICH KOMME!

WAS, ECHT? DANKE FÜR DIE EIN-LADUNG!

DANN ... BIS MOR-GEN.

AUCH HEUTE HAB ICH NICHT ALLES GESCHAFFT.

WIE GEHT'S DIR?

JA, ALLES GUT.

HALLO, MAMA?

ICH KOCHE IMMER NOCH SELBER.

ALLES BEIM ALTEN.

ESSEN?

DU BIST EBEN NICHT MEHR DIE JÜNGSTE.

SONST KANN ICH DOCH NIX.

SCHALT LIEBER EINEN GANG RUNTER, HÖRST DU?

OKAY. ICH RUF DICH BALD WIEDER AN.

JA, MACH ICH.

4

KLICK
KLICK

Bwww

Hah

Bw

Bw

SO RUHIG HIER.

BIEP

OH,
SO SPÄT
NOCH?

VIELLEICHT
EIN PÄCK-
CHEN?

KLICK

KLACK

JA
...?

ENTSCHUL-
DIGEN SIE
BITTE DEN
ÜBERFALL
...

... ZU
SO SPÄTER
STUNDE.

DING
DONG

WIR SIND VOM SENDER ABS.

BITTE VERZEIHEN SIE UNS.

...ABER MEINE SINNE VERRATEN MIR, DASS BEI IHNEN GERADE WAS IN DER MIKROWELLE BRUTZELT!

ICH HEISSE SHOGO WAKI. ENTSCHULDIGEN SIE VIELMALS, ...

WER?

ABS?

M... MOMENT MAL!

SWUSCH

WAS?!

DAS KOMMT GANZ SCHÖN PLÖTZLICH ...

IM FERN-SEHEN?!

GUTEN ABEND! HEUTE STEHT MIR DER SINN NACH FLEISCH!

WAKI WILL'S WISSEN! WILLKOMMEN ZU SHOGO WAKIS GOURMET-SHOW!!

WIR DREHEN DAFÜR.

DIE SENDUNG, DIE GERADE IM FERNSEHEN LÄUFT.

Hmm!

Hmm!

SHOGO WAKI, REPORTER ...

WIR BEREITEN IHNEN AUCH KEINE UMSTÄNDE UND HOFFEN AUF IHR VER-STÄNDNIS!

... PLATZT ZUM ABENDESSEN BEI FREMDEN LEUTEN IN DIE WOHNUNG UND SCHAUT NACH, WAS AUF DIE TELLER KOMMT. IST WAHN-SINNIG BELIEBT GERADE!

UNSER NEUER REPORTER SHOGO WAKI! ...

8

DENK AN DIE ARBEIT!

NICHT EINFACH NUR FUTTERN!

LOS, SHOGO, DU MUSST SCHON WAS SAGEN!

HÄTTEN SIE NOCH ETWAS NACHSCHLAG, YOSHIRO?

PAHA!

...

KNURRR

GRRRR

SIE WAREN FRÜHER EINE FRAU?

DAS WAR ICH.

ÄH, ICH HABE KEINE FRAU.

WIE IST DENN DER NAME IHRER FRAU?

NEIN, ICH HABE DAS GEKOCHT. ICH HEISSE YOSHIRO.

DIE ZU-SCHAUER DENKEN IMMER, DAS WÄRE EIN SOUND-EFFEKT.

ICH HALTE VIEL AUF MEIN MAGEN-KNURREN.

RECHT SCHÖ-NEN DANK!

OH, WOW.

DAS WAR JA EIN FILM-REIFES MAGEN-KNUR-REN!

Ich ent-schuldige mich für den Viel-fraß hier!

KNIRPS

KNIRPS

Ich hab nur noch mein vorbereitetes Essen für morgen. Geht das auch?

DIE DREH-ARBEITEN LIEFEN WEITER, ...

... BIS SHOGO WAKI ALLES AN NAHRUNGS-MITTELN VERPUTZT HATTE, WAS ICH AUFTREIBEN KONNTE.

Äh, yay! yay!

Machen sie mit!

Auch heute hat es sich Shogo Waki wieder schmecken lassen! Yay, yay!

Nachschlag bitte!

Gibt nichts mehr ...

DER HAT GANZ SCHÖN WAS VERDRÜCKT.

ABS
Ausstrahlung geplant für den
10. April (Mo)
ab 19:00 Uhr!

Shogo Waki
Reporter aus der
Nachrichten-Redaktion

UND SO UNER-WARTET, WIE ER HEREINGE-PLATZT WAR, SO SCHNELL WAR ER WIEDER VER-SCHWUNDEN.

IST DAS RIND?

WENN ER JETZT HIER WÄRE, ...

... WÜRDE ICH IHM GLATT WAS ABGEBEN.

NEIN, SCHWEIN ...

ER WAR JA REGEL-RECHT AUSGE-HUNGERT.

ALS NEUEIN-STEIGER HAT ER'S BESTIMMT NICHT LEICHT.

NOCH MAL VIELEN DANK FÜR GESTERN!

ICH HAB IHNEN SOGAR IHR ESSEN FÜR HEUTE WEG-GEFUTTERT! HA HA HA!

HAH

...!

?!

HAH

? STARR

UND DACHTE ...

OH ...

SHOGO?! WAS MACHEN SIE DENN HIER?

ICH ARBEITE GANZ IN DER NÄHE.

ACH, STIMMT. BEIM FERNSEHEN ...

ICH WOLLTE MIR GERADE WAS ZU ESSEN BESORGEN UND DA HAB ICH SIE ZUFÄLLIG GESEHEN, YOSHIRO.

MAMPF

RIND-FLEISCH?

MAMPF

SCHWEIN. SAGTE ICH DOCH!

ICH HAB GENUG DABEI. NUR ZU ...

OH, VIELEN LIEBEN DANK!

ER IST HÖFLICH, ABER ECHT DIREKT!

SO
WAS ...

... HABE ICH
LANGE NICHT
MEHR ERLEBT.

TAUSCHEN
WIR?

HIER,
KANNST
MEINS
HABEN!

DER
HAT DOCH
MEHR ALS
GENUG ZU
ESSEN.

ICH
HAB WAS
BESORGT.
SUCHEN SIE
SICH WAS
AUS!

HEY, WOLLEN
SIE AUCH WAS
VON MEINEM
MITTAGESSEN
ABHABEN?

DO

TZ

BSCH

BDUM

Das ist nur Fernsehen ... aber ich kann echt kaum hinsehen.

TUT MIR LEID.

ICH HÄTTE DAS ...

... NICHT SAGEN SOLLEN.

HEUTE RIND?

HÄHN-CHEN.

SHOGO SIEHT GLÜCK-LICH AUS.

BEI IHNEN GIBT'S OFT HÄHNCHEN, WAS?

ICH HAB HEUTE GE- TROCKNETE ALGEN DABEI.

?!

ICH MÖCHTE AUCH MORGEN WIEDER MIT IHNEN MITTAG ESSEN.

KANN MICH NICHT ERIN- NERN.

WAS IST? HATTE ICH NICHT GESAGT, DASS ICH HEUTE WIEDER VORBEISCHAUE?

ABER ...

S...

SIE SCHON WIEDER?

JA!

HÄ?

ICH WAR MIR SICHER, DASS ICH SIE VERGRAULT HÄTTE.

...

WEIL ICH UNHÖFLICH ZU IHNEN WAR.

WIEFO DAF DENN?

18

ICH HAB ZU VIEL AUSGE-GEBEN.

AMERIKANISCHES RIND

IHR WISST JA, WIESO... WEIL YOSHIRO NUN MAL ... SO IST.

SUPERMA

NEIN, SCHWEIN!

RIND!

ABER ...

ICH HOFFE EINFACH, DASS ICH DADURCH IRGENDWANN EINEN NORMALEN GESCHMACKSSINN ENTWICKLE, WIE JEDER ANDERE AUCH!

MIST, SCHON WIEDER DANEBEN.

DABEI WEISS ICH DOCH, WIE RIND SCHMECKT!

WAS BRINGT DENN DAS RÄTSEL-RATEN?

SO EINIGES!

NEIN ...

HAB ICH WAS IM GESICHT?

IST WAS?

22

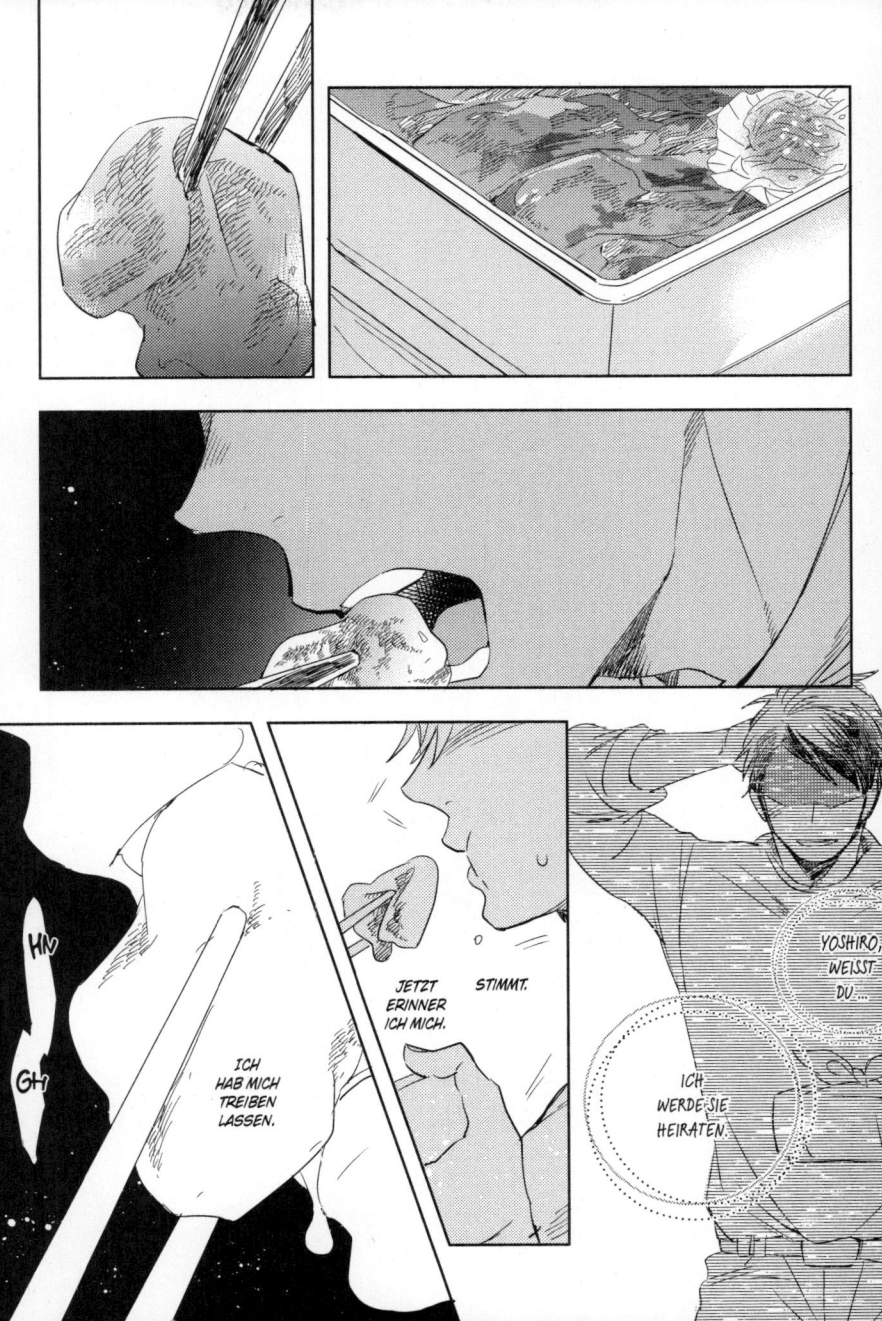

HN

GH

ICH
HAB MICH
TREIBEN
LASSEN.

JETZT
ERINNER
ICH MICH.

STIMMT.

YOSHIRO,
WEISST
DU ...

ICH
WERDE SIE
HEIRATEN.

ICH BLEIB SOWIESO ALLEIN.

MIT DEM WILL ICH NICHT MEHR ESSEN.

ABER SCHON GUT. ICH HAB MICH DARAN GEWÖHNT.

... LIVE VOM BRANDHERD AUS DEM DRITTEN BEZIRK DER STADT XY.

Ich ... muss weg ...

TORKEL

?

MIR IST SCHLECHT!

LAUT DER FEUERWEHR GESTALTEN SICH DIE LÖSCHARBEITEN SEHR SCHWIERIG.

DIE SCHWARZE RAUCHSÄULE REICHT BIS ZUM ACHTEN STOCKWERK.

DORT SEHEN WIR AUCH ROTE FLAMMEN ...!

Mein Name ist Shogo Waki. So viel zur Lage vor Ort!

MOMENTAN SIND DREI LÖSCHFAHR-ZEUGE UND ZWEI KRAN-KENWAGEN VOR ORT.

ALLE ARBEITEN MIT HOCHDRUCK DARAN, DIE NOCH IM HAUS BEFIND-LICHEN PERSONEN AUS DEN FLAMMEN ZU RETTEN.

DIE BRAND-URSACHE IST NACH WIE VOR UNKLAR.

MAUNZ

NICHT MAL DU ...

HAST DU HUNGER?

FWOSCH

Oh!

RIND!

BINGO!

WIESO HAST DU SO LANGE NICHTS GEGESSEN?

HAH

DOCH, ICH KRIEG KAUM MEINEN MUND AUF.

SO SCHWACH, DASS ICH DICH FÜTTERN MÜSSTE, BIST DU NUN AUCH WIEDER NICHT, ODER?

DOMM

HEUT MITTAG WAR'S DIR DOCH AUCH EGAL.

DU HÄTTEST DIR DOCH WAS VOM KIOSK BESORGEN KÖNNEN, WENN DU HUNGER HAST.

WAS?! DU?!

ICH HAB LIVE DAVON BERICHTET.

ES HAT HEUTE VORMITTAG GEBRANNT!

SCHAUST DU KEINE NACHRICHTEN?

Was?

ICH BIN REPORTER!

WARUM KOMMST DU EXTRA ZU MIR?

...AUCH DAS, IN DEM ICH GEWOHNT HABE.

UND ZUFÄLLIG WAR DAS ABGEBRANNTE HAUS ...

ICH HATTE
AUF EINMAL
SO EIN VERLANGEN
NACH DEINEM
ESSEN ...

... UND
EHE ICH MICH'S
VERSAH, WAR
ICH IN DEINER
GEGEND.

BITTE NICHT

ICH
MACH DIR
MEHR.

DAS ...
REICHT
DOCH NIE.

WENN
DAS SO
WEITER-
GEHT, ...

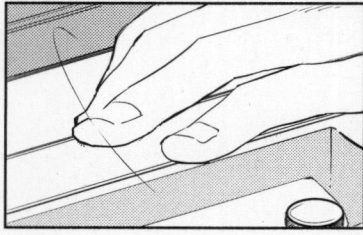

BWW
BWW
YOSHIRO!
ZUCK
J...
JA?
BWW
BWW
KLACK
ICH ...
... HAB VOLL HUNGER AUF CURRY!
BADOMM
BADOMM

Der Geschmack von Glück

VON DEM CURRY, VON DEM ICH AUSGING, DASS ES MINDESTENS FÜR EINE WOCHE REICHEN WÜRDE, WAR SCHON NACH DREI TAGEN NICHTS MEHR ÜBRIG.

Nach schlag? Bitte noch mal so viel!

MAMPF

MAMPF

SCHÖN.

DANN LOHNT ES SICH WENIGSTENS, SO VIEL ZU KOCHEN.

WIE GROSS KANN SO EIN MENSCH-LICHER MAGEN EIGENTLICH SEIN?

WOBEI ICH EIGENTLICH NUR VORHATTE, IHN EINE NACHT HIER SCHLAFEN ZU LASSEN.

WAS? EIN MONAT?

SPLASCH

GH!

STARR

DANN BLEIB RUHIG HIER, BIS DU WAS NEUES GEFUNDEN HAST.

RRRRR

VIEL-LEICHT MEINE MUTTER ...

HÄH

WARUM HAB ICH DAS NUR GESAGT?!

HM ...?

Shogo hier!

DU HAST HEUTE FREI, STIMMT'S?

HIER BIN ICH, YOSHIRO!

HASD

ZUCK

JA, MICH ZUM BEISPIEL ...

...

OH!

HIER!

HA HA!

WARUM DENN SO ÄNGST-LICH?

SH... SH... SH... SHOGO!

SHOGO!

TIPPEL

DA SIND SO VIELE, DIE ICH AUS DEM FERN-SEHEN KENNE ...

WENN DU ES NICHT WILLST, HÄTTE ICH ES ZUM MITTAG GEGESSEN.

ICH WAR MIR SICHER, DASS ICH'S EINGEPACKT HAB, ABER DANN HAB ICH'S WOHL DOCH VERGESSEN.

RASCHEL

HÄTTEST DIR JA AUCH WAS VOM KIOSK HOLEN KÖNNEN.

IMMER NUR MEIN ESSEN ZUM FRÜH-STÜCK UND MITTAG, DAS HAST DU BESTIMMT LANGSAM SATT.

WOW!

VIELEN LIEBEN DANK!

... NOCH EIN STÜCK EINGE-LEGTER LILA RETTICH! DAS WÄR'S!

EHRLICH GESAGT WÜRDE ICH AUCH GERN ZUM ABEND-ESSEN VORBEI-KOMMEN!

FHH

FHH

UND ICH KÖNNTE FÜNF MAHLZEITEN PRO TAG VON DIR ESSEN UND WÜRDE SIE NICHT SATTHABEN!

NATÜRLICH WILL ICH ES ESSEN! DU HAST ES DOCH EXTRA FÜR MICH ZUBEREITET.

ER IST GANZ SCHÖN FRECH.

ABER DAS MACHT NICHTS.

AU JA! MACHST DU MIR EINEN MITTER-NACHTS-IMBISS?

EIN SÜSSES OMELETT UND REIS MIT TEE UND LACHS VIELLEICHT?

MIR GEFÄLLT SEINE FRECHE ART.

UND ZUR KRÖNUNG ...

44

HM?

KENN ICH DEN NICHT VOM DREH?

PA ZO NK

ACHTE DOCH MAL AUF DEINE SPRACHE, BLÖDER ANFÄNGER!

MITTAGS VERSCHWINDEST DU WEISS GOTT WOHIN UND NACH DER ARBEIT KOMMST NICHT MEHR MIT ZUM SAUFEN.

NA, DU BIST IN LETZTER ZEIT SO KOMISCH.

AUSSERDEM HAST DU WOHL 'NE NOTBLEIBE GEFUNDEN, NACHDEM DEINE BUDE ABGE-BRANNT IST.

... MIT 'NEM KERL RUM?

WAS MEINST DU?

MITTAG-ESSEN?!

ER HAT MIR MITTAG-ESSEN GEBRACHT.

DAS IST YO-SHIRO.

DU HÄNGST ALSO IMMER ...

ALS OB, DU ALTER HALLO-DRI!

TU DOCH NICHT SO FROMM!

ALIA ...

ICH HAB KEINE FREUNDIN!

ICH DACHTE JA, DU HÄTTEST DIR 'NE HEISSE FREUNDIN ZUGELEGT!

GNN

GNN

SHOGO.

GERÜCHTEN ZUFOLGE STEHST DU AUF VERHEIRATETE UND WITWEN.

ABER SEI BLOSS VORSICHTIG! HÄTTE UNSEREM SENDER GERADE NOCH GEFEHLT, WENN UNSER NEUER REPORTER IN EINEN SKANDAL VERWICKELT WIRD ODER SO.

IHR GLOTZT ALLE ZU VIELE PORNOS. SO SIEHT'S AUS!

PASS AUF, WAS DU SAGST!

WENN SIE MICH ENTSCHULDIGEN WÜRDEN ...

WARUM AUF EINMAL SO HÖFLICH?

ICH GEH DANN MAL.

HÄ?

LASS UNS DOCH ZUSAMMEN ESSEN!

UND DER HAT DIR WIRKLICH NUR WAS ZU BEISSEN VORBEIGEBRACHT?

WAS SEID IHR? FREUNDE?

TUT MIR LEID, ICH HAB NOCH WAS VOR.

46

ABER GUTE FRAGE.

WIR SIND EIGENTLICH GAR KEINE FREUNDE ...

IHR KENNT EUCH SEIT DEM DREH, ODER?

DU KANNST ZWAR GUT MIT MENSCHEN, ABER PRIVAT BIST DU VERSCHLOSSEN UND HAST KAUM FREUNDE. SEIT WANN IST DAS ANDERS?

WAS SIND WIR BEIDE EIGENTLICH?

ICH HAB KNAST!

AUCH EGAL!

Aufmerksämkeitsspanne einer Fliege.

GRRRL KNUR RRRR

...

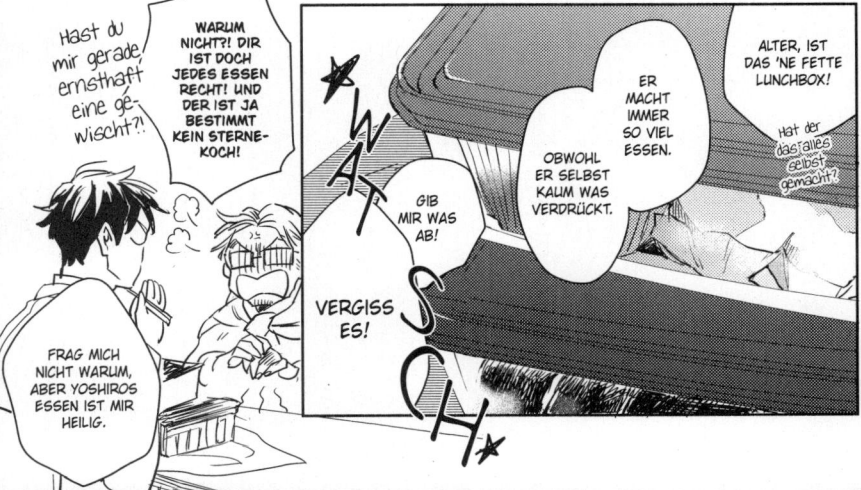

Hast du mir gerade ernsthaft eine gewischt?!

WARUM NICHT?! DIR IST DOCH JEDES ESSEN RECHT! UND DER IST JA BESTIMMT KEIN STERNEKOCH!

ALTER, IST DAS 'NE FETTE LUNCHBOX!

Hat der das alles selbst gemacht?

ER MACHT IMMER SO VIEL ESSEN.

OBWOHL ER SELBST KAUM WAS VERDRÜCKT.

GIB MIR WAS AB!

WATSCH

VERGISS ES!

FRAG MICH NICHT WARUM, ABER YOSHIROS ESSEN IST MIR HEILIG.

OB ER DIE LUNCHBOX MIT JEMANDEM GETEILT HAT?

FÜRS ERSTE GENUG, UM SHOGOS HUNGER ZU STILLEN.

UNTER-SCHÄTZE NIE DIE KRAFT EINER HAUSFRAU...

KNUUUR

...

MAMA, DU HAST ABER VIELE EIER GEKAUFT!

MÖGT IHR DAS SÜSSE LIEBER? EUREM PAPA SCHMECKT DAS SALZIGE BESSER.

MACHST DU UNS SÜSSES OMELETT?

DIESE SCHULDGEFÜHLE WERDE ICH EIN LEBEN LANG MIT MIR RUM-TRAGEN.

DANN MACH BEIDE!

SIE FINGEN AN, ALS ICH ZU HAUSE AUSGEZOGEN BIN.

MEINET-WEGEN. ABER NUR, WENN IHR MIR HELFT.

ICH FRAGE MICH, ...

OKAY!

STIMMT JA ... YOSHIRO MUSS HEUTE ARBEITEN.

HÄTTE MICH JA AUCH WECKEN KÖNNEN.

Für Shogo! Dein Essen ist im Kühlschrank. Leider nur Reste von gestern.

PING

Was wohl heute in der Mikro für mich brutzelt?!

Auch heute bin ich wieder bei Yoshiro eingeladen!

Waki will's wissen! Willkommen zu Shogo Wakis Frühstücks-Special!

ZIEHT SEINE EIGENE SHOW AB.

ZOOOM

GUTEN APPETIIIT!

YEAH! ENDLICH ZEIT FÜRS MITTAG-ESSEN!

ICH STERB GLEICH VOR HUNGER!

...

HM? IST DAS NICHT DER, DER IMMER MIT YOSHIRO ISST?

HALLO. ICH BIN SHOGO WAKI, REPORTER VOM SENDER ABS.

TAPP

JA! NA KLAR!

JETZT WEISS ICH'S! DEN KENNT MAN AUSM FERNSEHEN!

HE! UN- BEFUGTE HABEN HIER NICHTS VERLOREN!

WOBB

WOBB

BEFREUN- DET?

SO WAS IN DER ART ...

KANN ICH YOSHIRO SPRECHEN?

STARR

IS HEUT NICH DA.

ICH SCHAU IMMER IHRE SENDUNG, WO SIE DIE LEUTE BEIM ESSEN ÜBER- FALLEN!

DER NEUE REPOR- TER, DER GERADE IN ALLER MUNDE IST!

EIN REPOR- TER?

kreisch hier nicht rum wie ein Schul- mädchen!

KYAAAH

SIE SIND ALSO MIT YOSHIRO BEFREUN- DET?

HAT ANGERUFEN UND MEINTE, SEINE MUTTER WÄRE ZUSAMMEN-GEBROCHEN ODER SO WAS.
HM?
HAT ER NICH GESAGT?
NEIN.
„FREUND" ALSO, HM?
ODER SIND SIE ...
... AUCH SO EINER WIE ER?
?
WAS MEINEN SIE?
SIE WISSEN'S NICH?
Armer Kerl!
DANN VERRAT ICH IHNEN MA, ...
... WIE DER WIRKLICH TICKT.

KLACK

KLACK

TUT MIR LEID
WEGEN DER
UMSTÄNDE.

ICH BIN
FROH, DASS
ES NICHTS
ERNSTES
IST.

SCHON
GUT. SIE FREUT
SICH JA AUCH
IMMER, WENN
SIE DIE KLEINEN
MAL SIEHT.

DANKE,
DASS DU
DICH IMMER
UM MEINE
MUTTER
KÜMMERST.

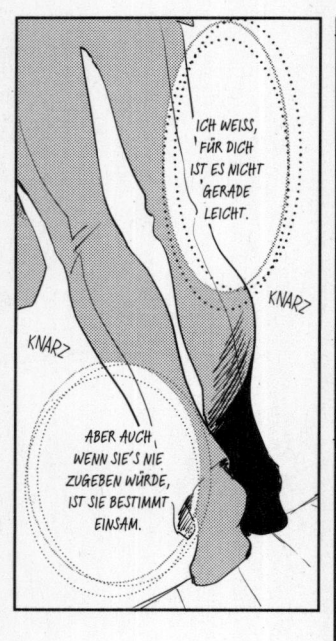

ICH WEISS,
FÜR DICH
IST ES NICHT
GERADE
LEICHT.

KNARZ

KNARZ

ABER AUCH,
WENN SIE'S NIE
ZUGEBEN WÜRDE,
IST SIE BESTIMMT
EINSAM.

HÖR MAL,
YOSHIRO.

WARUM
KOMMST
DU NICHT
ZURÜCK?

KLACK

HM? WOHER WEISST DU DAVON?

WIE GEHT'S DEINER MUTTER?

ICH WOLLTE DIR HEUTE MITTAGESSEN ZUR ARBEIT BRINGEN.

EIGENTLICH EHER DIE RESTE VON DEM ESSEN, DAS DU GEMACHT HAST.

FWUPP

YOSHIRO ...

WIE EIN WELPE ...

SST

OH, TUT MIR LEID.

Ich hab mir noch nicht die Hände gewaschen.

LASS MICH LOS.

SIE HATTE NUR EINEN KLEINEN SCHWÄCHE-ANFALL, ABER SIE BEHALTEN SIE FÜR EIN PAAR TESTS ERST MAL IM KRANKEN-HAUS.

MEINE MUTTER LEBT ALLEIN. ALS ICH DEN ANRUF BEKAM ...

T... TUT MIR LEID.

ICH WAR IN EILE UND WOLLTE DICH AN DEINEM FREIEN TAG NICHT WECKEN.

I... IST WAS?

DU BIST SO ...

BLEIB BEI MIR!

ICH BRAUCH KEIN ESSEN!

ICH GLAUBE, ES KOMMT DAHER, DASS ICH BISHER IMMER MIT DIR ZUSAMMEN GEGESSEN HABE.

ABER ALS ICH ES HEUT ALLEIN GEGESSEN HABE, WURDE MIR WAS KLAR.

DIESES BESONDERE GEFÜHL, DAS ICH BEI DEINEM ESSEN IMMER VERSPÜRE ...

ICH LIEBE DEIN ESSEN.

UND WENN MÖGLICH, ...

... WÜRDE ICH GERNE FÜR IMMER MIT DIR ESSEN.

ABER ICH WILL DER SACHE AUF DEN GRUND GEHEN.

TUST DU DAS, ...

... WEIL DU DEIN SCHWULSEIN VERSTECKEN WILLST?

FÜR IMMER?

ICH WEISS, ICH DARF MIR KEINE HOFFNUNGEN MACHEN!

UND DENNOCH ...

DAS HAT HEUT MITTAG SO 'N TYP NAMENS TAGUCHI FALLEN LASSEN.

TUT MIR LEID.

DAS FREUT MICH NATÜR-LICH ZU HÖREN.

ABER DAS BILDEST DU DIR NUR EIN.

WARUM?

WARUM SCHOT-TEST DU DICH IMMER SO AB?

ABER ...

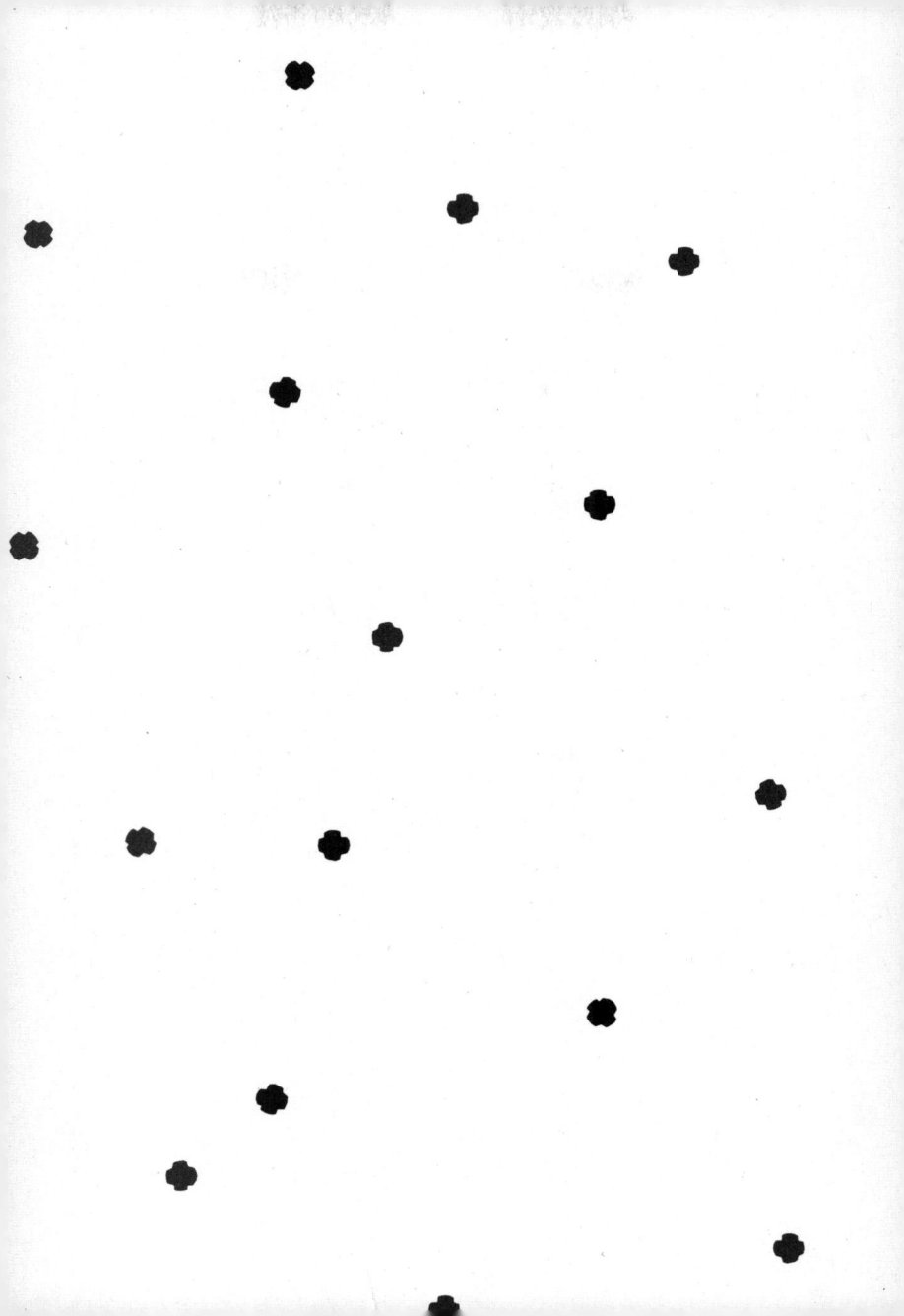

Der Geschmack von Glück ✿

ICH KOMME DANN ERST MORGENS ZURÜCK. ICH MACH DIR ABENDESSEN, ABER DU MÜSSTEST ES DIR DANN AUFWÄRMEN.

HAB ICH DAS NICHT ERWÄHNT? BIS ICH ZURÜCK AUFS LAND ZIEHE, ÜBERNEHM ICH DIE NACHTSCHICHT.

HÄ?

WIE UM HIMMELS WILLEN SOLL ICH DENN SELBST WAS KOCHEN?

Ich würde deine Bude abfackeln!

WENN DU DIR SELBER WAS MACHEN WILLST, KANNST DU NATÜRLICH ALLES BENUTZEN, WAS IM KÜHLSCHRANK IST.

Oh!

ICH FANGE LIEBER AUCH BESSER MAL AN, MEINE SACHEN FÜR DEN UMZUG ZU PACKEN.

IST JA AUCH NICHT MEHR LANGE, BIS DIE REPARATURARBEITEN AN DEINEM ALTEN WOHNHAUS ABGESCHLOSSEN SIND, ODER?

PING!

#03

WIR MÜSSEN UNS LANGSAM VORBEREITEN.

BTA

MM

DU...

...UND ICH.

PIIIIIIIIIIING

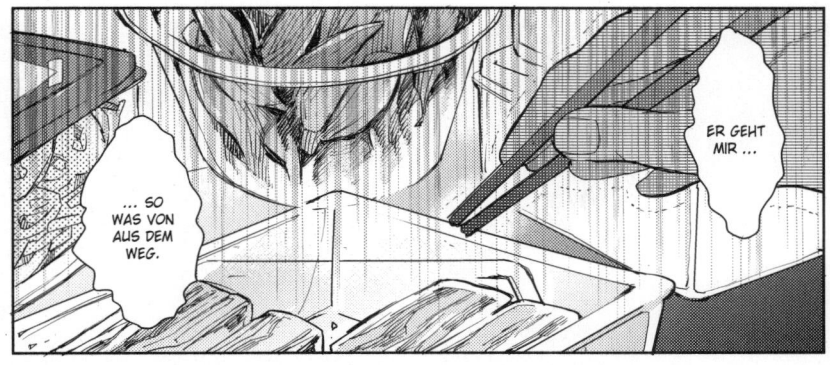

ER GEHT MIR ...

... SO WAS VON AUS DEM WEG.

«DU LÄSST DICH IN LETZTER ZEIT GANZ SCHÖN GEHEN!»

«SHOGO!»

HAH!

ICH BIN SO AUFGEWÜHLT, ICH KANN MEINE STÄBCHEN KAUM HALTEN ...

DANN SEH ICH IHN JA AUCH IN DER MITTAGS-PAUSE NICHT MEHR.

DIE NACHT-SCHICHT?

Die Beschreibung hör ich zum ersten Mal!

MAMPF

MAMPF

DAS ALLEIN ZÄHLT!

WEIL DU TROTZ DEINES GUTEN AUSSEHENS EIN VIELFRASS OHNE SINN FÜR FEINE SPEISEN BIST!

DU WEISST DOCH, WARUM DIE LEUTE DICH LIEBEN!

WENN DU DEINEN JOB NICHT ERNSTER NIMMST, ...

EINEN FETTEN ESSENS-REPORTER WILL NIEMAND SEHEN!

Davon gibt's schon genug!

WANN HABEN WIR DENN ZULETZT ZUSAMMEN GEGESSEN?

DANKE, DASS DU MIR BESCHEID GIBST!

EINFACH RANGEHEN WÄRE BLÖD.

ABER WAS, WENN'S EIN NOTFALL IST?

HASP

TSUYOSHI ...?

Tsuyoshi Sakura

WER IST DAS?

ÄHM, HALLO?

HIER BEI HERRN KAMI.

WER IST DENN DA?

YOSHIRO?

ICH KANN IHM GERNE ETWAS AUSRICHTEN.

EIN MANN IN DEN 20ERN ODER 30ERN.

ER IST GERADE NICHT DA ...

ER NENNT IHN BEIM VORNAMEN?

EIN BEKANNTER. TUT MIR LEID, DASS ICH RANGEGANGEN BIN.

TA-GUCHI!

... STELLT ER UNS IRGENDWANN VIELLEICHT MAL 'NE KOLLEGIN VON IHM VOR!

FLÜSTER

WENN WIR UNS MIT DEM ANFREUN-DEN, ...

EINE SEXY MODERATORIN ODER SO ...

BLITZ

ER SAGT, ER WILL MIT UNS MITTAG ESSEN!

HE, DER REPORTER IST WIEDER DA!

KNIPS

TSU-YOSHI?

JA, DER HAT BIS VOR DREI JAHREN HIER GEARBEITET.

WIE BITTE?! YOSHIRO IS NICH MA HIER, DER SOLL GEFÄLLIGST ALLEIN ESSEN!

Der is doch nich unsre Mutti!

BIS ER GEHEIRATET HAT, DANN WAR ER WEG.

SALZ ONIGIRI

DAS WIRD DIR GARANTIERT NIE PASSIEREN!

KLAPPE, MANN!

MANN, WAR ICH NEIDISCH!

IRGEND 'NE REICHE TOCHTER VON 'NEM GROSS-UNTER-NEHMER.

WIE BITTE?! DER HAT GEHEIRATET?!

ECHT JETZT?!

SIE WOLLTEN SICH BALD TREFFEN.

JA.

ABER MOMENT MAL! WENN TSUYOSHI IHN ANGERUFEN HAT, HEISST DAS, DIE BEIDEN HABEN IMMER NOCH KONTAKT?

ER SAGTE ABER, ER SEI NUR „EIN" FREUND VON YOSHIRO.

VIELLEICHT DENKT ER DAS JA, ABER YOSHIRO SIEHT DAS BESTIMMT ANDERS.

WAR JA SO WAS VON KLAR.

YOSHIRO HEULT TSUYOSHI IMMER NOCH NACH UND WILL IHN NUR NOCH MAL RUMKRIEGEN.

HALLO,
YOSHIRO
HIER.

TSUYOSHI?

ZZZZZZ
ZZZZZZ
ZZZZZZ

DER WAR
TOTAL VER-
KNALLT IN
TSUYOSHI.

HAST
DU KURZ
ZEIT?

FÜHLT SICH
NICHT WIE
'NE FREUND-
SCHAFT AN.

HÄ, IST
DAS ...

... EIN
FREUND
VON
DIR?

ACH, DU
MEINST
SHOGO?

HEUTE
ABEND IST
SCHLECHT,
ICH SCHIEB
GERADE
NACHT-
SCHICHT.

DU HAST
NOCH IMMER
KEINE FREUN-
DE, ODER?

WEISS
AUCH
NICHT.

IST
KOMPLIZIERT.
DER WOHNT
GERADE
BEI MIR.

KÖNNTE ES SEIN, ...

... DASS TSUYOSHI DER GRUND IST, ...

HA HA!

DU BIST DER EINZIGE, DEN ICH SO NENNEN WÜRDE, TSUYOSHI.

... WESHALB YOSHIRO ZURÜCK AUFS LAND ZIEHEN MÖCHTE?

WAS?!

KLANK

KLANK

Agh!

ER ZIEHT WEG?! SAG NICH, DER WILL AUF- HÖREN?!

ICH BIN SHOGO WAKI! FREUT MICH, DICH KENNENZU- LERNEN!

DER SHOGO WAKI?

WHOA?!

DER IST DOCH AUS'M FERNSEHEN!

KONZENTRIER DU DICH AUFS KOCHEN!

LANG NICHT GESEHEN, YOSHIRO! BIST JA NOCH GANZ DER ALTE!

HAB ICH SCHON GEHÖRT. KRASSE SACHE MIT DEM FEUER!

ICH WOHNE GERADE HIER, WEGEN GEWISSER UMSTÄNDE.

DASS SHOGO AUSGERECHNET HEUTE FREI HABEN WÜRDE ...

WAS MACH ICH JETZT?

ICH HÄTTE DOCH AUCH AUFMACHEN KÖNNEN, SHOGO!

TSUYOSHI! KOMM DOCH REIN.

VIELLEICHT DER GLÜCK-LICHSTE TAG MEINES LEBENS?

ABER SO KANN ICH BEIDEN AUF EINMAL DABEI ZUSEHEN, WIE SIE MEIN ESSEN VERPUTZEN.

... ABER LASST ES EUCH SCHMECKEN!

IST ZWAR KEINE STERNEKÜCHE, ...

BEB

BEB

BEB

BEB

TACK

ABER JETZT WILL SIE SICH MEHR MÜHE GEBEN. SCHON ALLEIN WEGEN UNSEREM KIND.

VERLIE-RER

SIEGER

ACH, MEINE FRAU HAT IN DER KÜCHE ECHT ZWEI LINKE HÄNDE. ZU HAUSE KRIEG ICH SELTEN WAS GUTES ZU ESSEN.

SORRY! BEI DEM BLOSSEN GEDANKEN, ENDLICH MAL WIEDER WAS LECKERES ZU ESSEN, SIND DIE PFERDE MIT MIR DURCHGEGANGEN!

HA HA! KENN ICH ZU GUT!

TACK

TACK

ABER BIST DU NICHT VERHEIRA-TET?!

TACK

TACK

TACK

DESWEGEN BIN ICH HEUTE HIER.

ÖHÖM, ALSO, WEISST DU ...

Oh!

HÄ?

MEINE FRAU IST IM DRITTEN MONAT SCHWANGER.

DU WARST BEI UNSERER HOCHZEIT JA UNSER TRAUZEUGE, DESWEGEN WOLLTE ICH, ...

... DASS DU ES ALS ERSTER ERFÄHRST, YOSHIRO.

DAS SIND JA TOLLE NEUIGKEITEN.

HERZLICHEN GLÜCK- WUNSCH!

WAHN- SINN!

A... ACH WAS!

ICH BIN MIR SICHER, ...

... DASS DU EINEN SUPER VATER ABGEBEN WIRST, TSUYOSHI.

DAS SEHE ICH ANDERS!

KANNST DU MEINER FRAU BITTE ZEIGEN, WIE MAN KOCHT?

DAS HÖRT SIE BESTIMMT NICHT GERNE.

ABER IST DOCH TRAURIG, WENN EIN KIND ...

... NICHT VON DER EIGENEN MUTTER BEKOCHT WIRD!

... DICH NOCH MAL ZU SEHEN, BEVOR ICH ZURÜCK- GEHE.

JA. WAR SCHÖN, ...

DANKE FÜR DAS VIELE GUTE ESSEN.

WAR JA GANZ WIE FRÜHER.

YOSHIRO, ...

... WILLST DU WIRKLICH HIER WEG?

TAPP

TAPP

IST DAS DER EINZIGE GRUND?

ICH TU'S FÜR MEINE MUTTER.

ES IST DAS EINZIGE, WAS ICH ALS SOHN NOCH FÜR SIE TUN KANN.

ICH BIN VOR 15 JAHREN AUSGE- ZOGEN.

UND SIEH MICH AN. WAS HAB ICH SCHON ERREICHT?

NICHTS. GANZ SCHÖN ERBÄRM- LICH.

DU HAST IMMERHIN ERREICHT, DASS WIR BEIDE UNS UM DEIN ESSEN KLOPPEN!

AUSSERDEM KENNE ICH NIEMANDEN, DER SO AUFRICHTIG IST WIE DU.

DU DARFST RUHIG MAL ETWAS ZUVERSICHTLICHER SEIN.

LASS DIR DAS GESAGT SEIN, VON DEINEM EINZIGEN UND BESTEN FREUND.

DAS STIMMT DOCH NICHT.

GLAUB MIR, ...

... ICH HALTE IMMER ZU DIR.

KL'''''''''''''RR

DANKE, ...

... TSU- YOSHI.

ABER DER IST WIRKLICH SO ULKIG, ODER?

ICH DACHTE, DER ZIEHT IM FERNSEHEN NUR 'NE SHOW AB.

NICHT DEIN FREUND, SAGST DU?

ALLES OKAY?!

Ah!

SH... SHOGO?!

ER SAGT IMMER DIE WAHRHEIT, OB SIE GUT IST ODER SCHLECHT.

MIR MACHST DU NICHTS VOR!

VERSTEHE.

HAST DU'S BEMERKT?

HA HA, TOTAL DURCHSCHAUBAR!

SORRY! HAB WAS KAPUTTGEMACHT!

TSUYOSHI IST WEG.

IST DAS DER GRUND,
...

...
WARUM MICH SEINE WORTE SO TREFFEN UND MANCHMAL AUCH BEFREIEN?

ER IST BRUTAL EHRLICH.

SICH SELBST UND ANDEREN GEGENÜBER.

SORRY, DABEI WOLLTE ICH NOCH TSCHÜSS SAGEN.

KEINE SORGE!

MEIN BOSS SAGT IMMER, ES REICHT AUS, WENN MEIN GESICHT UND MUNDWERK UNVERLETZT BLEIBEN. DER REST WÄRE EGAL.

ALLES OKAY?

ICH RÄUME DAS WEG.

NEIN, ICH HAB DAS VERBOCKT!

DU ALS FERNSEH-STAR DARFST DICH NICHT VERLETZEN!

NA GUT. DANN RÄUMEN WIR ...

... EBEN GEMEIN-SAM AUF.

WAR NICHT GERADE DIE FEINE ART.

WEGEN MEINEM SPRUCH VORHIN.

WES-HALB?

GLAUBST DU, TSUYOSHI WAR SAUER?

ICH BIN FROH, DASS DU DABEI WARST, SHOGO.

ACH, SO WAS JUCKT DEN NICHT IM GERINGSTEN.

NICHT ... IM GERINGS-TEN?

HM?

NICHTS ...

FSCHHH
Klack

UND ENTSCHULDIGE BITTE, DASS DU DICH AN DEINEM FREIEN ABEND MIT SO ETWAS AUSEINANDERSETZEN MUSSTEST.

WENN DU NICHT SATTGEWORDEN BIST, KANN ICH NOCH ...

NEIN!

GNN

ICH HAB'S DIR NIE GESAGT, ABER MEINE MUTTER HAT MICH AUCH ALLEIN GROSSGEZOGEN. ICH WEISS GENAU, WAS DU GEMEINT HAST.

ICH FAND ES TOLL, DASS DU DAS ANGESPROCHEN HAST.

DANKE DAFÜR.

WEIL ICH NICHT WOLLTE, DASS DU ...

... MIT TSUYOSHI ALLEIN BIST.

HÄ?

ICH HAB MIR HEUTE ABSICHTLICH FREIGENOMMEN.

DASS
ER DEIN
ESSEN
ISST.

DASS
ER DICH
BESSER
TRÖSTET,
ALS ICH ES
KANN.

UND
...

DASS
ER MIT DIR
ÜBER SEINE
FAMILIE
REDET.

ES GING
MIR EINFACH
NICHT AUS
DEM KOPF.

DIESER
TSUYOSHI
HAT
JA KEINE
AHNUNG,
...

... WIE VERLET-
ZEND SEINE
WORTE SIND,
OBWOHL ER
SIE NICHT SO
GEMEINT HAT.

GENAU
WIE ICH
NEULICH
...

DAS SPIELT
FÜR MICH
ABSOLUT KEINE
ROLLE!

DAS MACHT
MIR WIRKLICH
ÜBERHAUPT
NICHTS AUS!

... DICH WIRKLICH ...

... SEHR MAG!

DU GEHST MIR ABSICHT-LICH AUS DEM WEG, ODER, YOSHIRO?

ICH WEISS AUCH, DASS ES DAS NICHT UNBEDINGT LEICHTER MACHT, WENN ICH DAS JETZT SAGE, ABER ...

GNN

... FÜR MICH BIST DU BESON-DERS.

UND ICH WILL MIT DIR ZEIT VERBRIN-GEN, ...

... WEIL ICH ...

ICH BIN DIR AUS DEM WEG GEGANGEN, ...

... WEIL ICH DICH AUCH VERDAMMT MAG!

OH.

ACH SO, ...

... DU MAGST TSUYOSHI IMMER NOCH ...

FPP

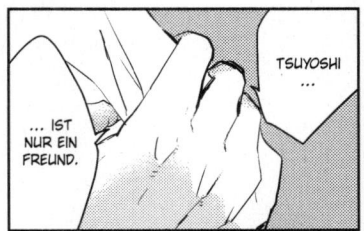

... IST NUR EIN FREUND.

TSUYOSHI ...

MEIN HERZ SCHLÄGT JEDES MAL WIE VERRÜCKT, WENN DU DICH MIT STRAHLENDEN AUGEN ÜBER MEIN ESSEN HERMACHST.

UND WENN ICH SEHE, WIE DU IM FERNSEHEN ETWAS ISST, ...

SORRY.

MISOSUPPE IST NICHT MEINE STÄRKE.

IST DAS ...

... SALZIGER ALS SONST?

ICH VERSUCHE, DEN GESCHMACK SO HINZUBEKOMMEN, ABER ICH SCHAFF'S NIE.

MEINE MUTTER HAT IMMER MISOSUPPE GEMACHT.

ETWAS, DAS DU NICHT GUT HINBEKOMMST?

UNFASSBAR.

FÜR MICH IST DAS DIE BESTE MISOSUPPE AUF DER GANZEN WELT.

G U L P

ICH WOLLTE EIGENTLICH, DASS DU AUCH MAL IN DEN GENUSS KOMMST ...

ES WÄRE MIR EINE EHRE!

WENN DU DEN GESCHMACK TRIFFST, LÄSST DU MICH DANN ALS ERSTEN KOSTEN?

DARAUS WIRD LEIDER NICHTS.

... MICH SCHLECHT UND EINSAM ZU FÜHLEN, WENN ICH AN DICH DENKE.

ABER ICH BIN ES LEID, ...

WIESO NICHT?!

DU HAST DOCH VORHIN GESAGT, DASS DU MICH MAGST!

DAS TUE ICH AUCH!

HEUTE WAR WIRKLICH DER SCHÖNSTE TAG MEINES LEBENS.

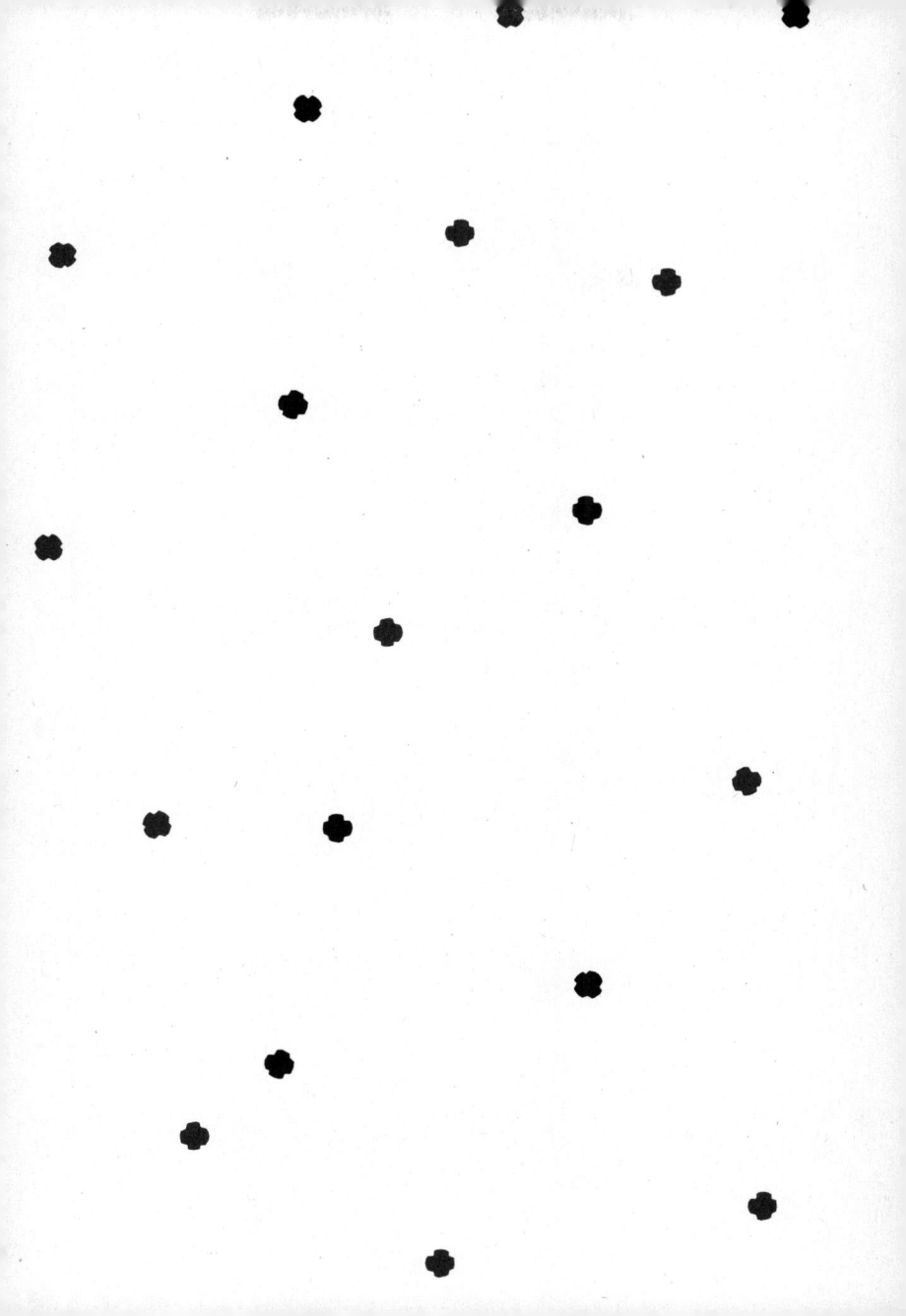

Der Geschmack von Glück ❀ ❀

ICH GLAUBE, EINE MIKROWELLE HAT FEUER GEFANGEN.

DER JUNGE NEBENAN WAR ALLEIN DAHEIM UND HAT ALUFOLIE IN DIE MIKRO GETAN.

WEISS MAN DENN INZWISCHEN, WAS DEN BRAND VERURSACHT HAT?

DU KANNST BALD WIEDER IN DEINE WOHNUNG ZURÜCK, ODER?

PING!

#04

NA KLAR!

ALUFOLIE? DAS FÜHRT ALSO ECHT ZU 'NEM BRAND?

DER JUNGE WAR BESTIMMT EINSAM ...

SKRIIIEK

FLUSTER

FLUSTER?

WAS IST NUR MIT DEM LOS?

WER WEISS. APPETIT HAT ER AUCH KEINEN MEHR.

DER WUSSTE EINFACH NICHT, WAS ER TUT!

Waaas?!

AH!

YOSHIRO ... ... IST NOCH NICHT ZURÜCK.

ÜBER-MORGEN MUSS ICH HIER RAUS.

OH.

TAGUCHI.

TAGUCHI! SAG NICHT, DU HAST IHN ...

N... NIX! ICH SCHLEPP IHN NUR NACH HAUSE, NACHDEM ER BEI SEINER ABSCHIEDS-PARTY EINEN ÜBERN DURST GETRUNKEN HAT!

Alle anderen sind schon abgehauen!

Was hast du mit YOSHIRO gemacht?!

FLUMM

YOSHIRO ...?

FT

TAGUCHI.

APP

UND HALT MICH BLOSS NICH FÜR EINEN VON EUCH!

FWUMM

JEDER IST NORMAL.

ICH BIN NORMAL!

FLÜSTER

SORRY.

TSK!

HAB DICH NICHT GEHÖRT. SAG'S NOCH MAL.

Graaah!

ICH HAB GESAGT, ICH WEISS!

ICH WEISS.

WAS?

DAS WAR NICHT GUT, SHOGO.

WIE DU DAS GERADE FORMULIERT HAST.

DU HÄTTEST BETONEN SOLLEN, DASS „DU" NORMAL BIST, NICHT „JEDER".

GLP

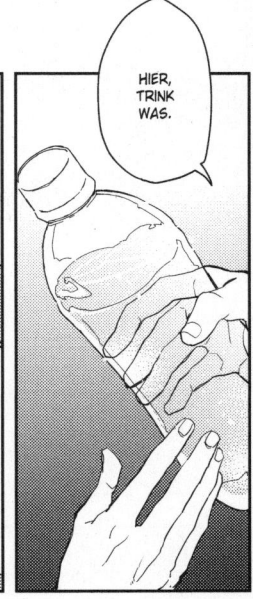

HIER, TRINK WAS.

HA HA. WENN DU MEINST ...

OH.

VON SO WAS LASS ICH MIR DOCH NICHT MEINE KARRIERE RUINIEREN!

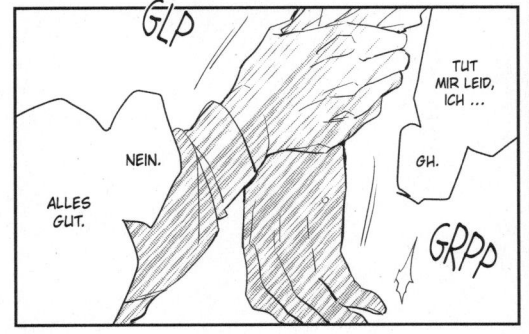

GLP

NEIN.

ALLES GUT.

TUT MIR LEID, ICH ...

GH.

GRPP

TAGUCHI HAT ES ZWAR KAPIERT, ...

... ABER WENN KOMISCHE GERÜCHTE ÜBER DICH AUFKOMMEN, SCHADET DAS DEINER KARRIERE.

... BRAUCHST
DU MIR
GAR NICHTS
KOCHEN.

PAMM

DASS ER
MICH BLEIBEN
LÄSST, WENN
ICH IHM NUR
NOCH MEHR
ZEIGE, WIE
SEHR ICH IHN
LIEBE ...

IRGENDWO,
IN MIR WAR
NOCH IMMER
EIN FUNKEN
HOFFNUNG.

... SCHEINT
MIR GEGEN-
ÜBER BEINAHE
GLEICHGÜLTIG
ZU SEIN.

ABER
YOSHIRO
...

...
VER-
STEHE.

HAH

MEINE
STIMME
DRINGT
EINFACH
NICHT ZU
IHM VOR
...

... IN
DER NÄHE
GEDREHT. DA
DACHTE ICH,
WIR KÖNNTEN
ZUSAMMEN
ZU MITTAG
ESSEN.

MIR FIEL
LEIDER
NIEMAND
ANDERES EIN.
AUSSERDEM
HABEN WIR
GERADE ...

ABER
WARUM KOMMST
DU DAMIT ZU
MIR?

ECHT?

DANN
DARF DAS
JETZT JEDER
WISSEN, DASS
IHR WAS
AM LAUFEN
HABT?

ER IST
VIEL ZU
EHRLICH.

WENN MAN DAS
EINMAL WEISS,
VERSTEHT MAN
IHN BESSER.

NICK

IN DER
HINSICHT
SEID IHR
EUCH ECHT
ÄHNLICH.

AUCH
WENN ER
NICHT SO
DIREKT IST
WIE DU.

PAMM

PAMM

OH, UND DEIN MITTAG-ESSEN.

HAT DAS DEINE FRAU GEKOCHT?

DANKE FÜR DEN RATSCHLAG UND DIE ER-MUTIGUNG!

ICH VERSUCH'S!

SIEHT DOCH EIGENTLICH GANZ LECKER AUS, ODER?

DAS HIER?

GUTE ENT-SCHEIDUNG.

DAS HAB ICH SELBER GEMACHT.

JA, ABER MIT YOSHIRO KANNST DU NICHT MITHALTEN.

ICH DACHTE, DAS KRIEG ICH BESTIMMT AUCH SELBER HIN.

NACHDEM ICH GEHÖRT HAB, WAS DU BEI YOSHIRO GESAGT HAST.

NICHT ÜBEL, ODER?

HA HA, DAS WEISS ICH SELBST!

Und von dir muss ich mir das nicht sagen lassen!

ES WAR PURER ZUFALL, ...

... DASS WIR AN DEM TAG YOSHIROS WOHNUNG FÜR DEN DREH AUSGEWÄHLT HABEN.

303 **KAMI**

ICH WOLLTE UNBEDINGT NACHSEHEN, ...

... WER DA WOHNT, WAS DIE PERSON ZUM ABENDBROT IST, UND MIT WEM.

UNGEWÖHNLICHER NAME!

... WAR KEIN ZUFALL.

ABER DASS ICH DIESE TÜR GEÖFFNET HABE, ...

KLA

DA BIST DU JA.

HAB DICH DIE TREPPE HOCHKOMMEN SEHEN.

ICH GLAUBE, ES WAR SCHICKSAL.

GEPÄCK?

DANKE, ...

... DASS DU MIR AUFMACHST.

IST WAS PASSIERT? DU SIEHST SO BLASS AUS.

B
T
A
M
M

RAUS MIT DER SPRACHE, YOSHIRO.

WUBB

NEIN ...

WUBB

ICH HAB GEHOFFT, DASS DU ZURÜCK-KOMMST.

TUT MIR LEID ... WENN ICH ALLEIN BIN, ZERBRECH ICH MIR IMMER NUR DEN KOPF.

...

GIBT ES DENN WAS, DAS ICH FÜR DICH TUN KANN?

GRP

M... MEINER MUTTER GEHT'S SCHLECHTER.

ICH HAB ERFAHREN, DASS SIE NOTOPERIERT WERDEN MUSS.

WAS?

ICH GEHE FRÜHER ALS GEPLANT HEIM. MORGEN SCHON.

WAS GELBES UND ROTES ...

GURKE, SOJA-SPROSSEN UUUND ...

JETZT DAS NÄCHSTE!

HAT NOCH ZIEMLICH BISS DAS GANZE ...

BDUM

WOW! ALLES RICHTIG!

BDUM

BDUM

... MIT GRÜNEN BOHNEN ...

RIND-FLEISCH UND SCHWARZ-WURZEL ...

... IN MISO GEKOCHT.

HAPS

HAPS

HAPS

SAG BLOSS, DU HAST ENDLICH EINEN GESCHMACKS-SINN ENT-WICKELT?!

NEULICH MEINTEST DU NOCH „DER SPITZ-PAPRIKA IST JA GAR NICHT BITTER!"

IRRE!

IST DAS VIELLEICHT ...

PAPRIKA?

DAS GELINGT MIR NUR BEI DEINEM ESSEN, YOSHIRO.

NEIN.

BEI DER ARBEIT HAB ICH GERADE ECHT SCHWIERIG-KEITEN.

DANKE ...

126

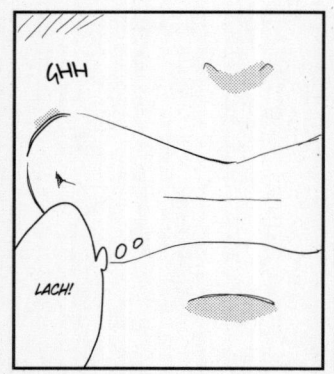

GHH

LACH!

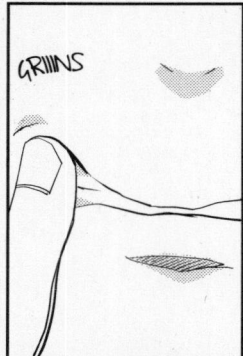

GRIIINS

ZEIG IHM DEINE GEFÜHLE!

ZIEH DAS DURCH MIT DEM LACHEN, BIS ZUM SCHLUSS!

TPP

FLUPP

HAB DEN PUDDING AUS VER- SEHEN IN DIE MIKRO GEPACKT.

ICH BIN SO BLÖD.

SORRY ...

WEISST DU, ICH HAB ALS KLEINER JUNGE IMMER ALLES IN DER MIKROWELLE WARM GEMACHT.

MANCHMAL WAR SOGAR NOCH DIE ALUFOLIE DRAUF.

SCHLLP

AH!

Puddingsuppe!

ABER DAS IST DOCH GEFÄHRLICH!

YUMMY! WARMER NACHTISCH IST DOCH DAS BESTE.

ER-INNERT MICH AN FRÜHER.

HM?

DOCH STÄNDIG ALLEIN ZU ESSEN ... DAS HAT SICH SCHON GANZ SCHÖN EINSAM ANGEFÜHLT.

JA. ICH HAB'S TROTZDEM GEMACHT, ABSICHTLICH.

UND JETZT, WO ICH DICH KENNENGELERNT HABE, WEISS ICH ENDLICH, WAS ICH ALL DIE JAHRE SO SCHRECKLICH VERMISST HABE.

WIE GESAGT, ICH HAB NIE AUCH NUR FÜR EINE SEKUNDE DARAN GEZWEIFELT, DASS MEINE MUTTER MICH GELIEBT HAT.

SLPP

SOBALD
ES MEINER
MUTTER
BESSER GEHT,
RÄUM ICH
HIER NOCH
EIN BISSCHEN
AUF.

IST
JA NICHT
MEHR VIEL,
DAS SCHAFF
ICH DANN AUCH
ALLEIN.

OKAY.

OH, UND
ICH HAB DIR
NOCH EIN
PAAR RESTE
EINGEPACKT.

DAS
BEDEUTET
MIR DIE
WELT!
DANKE.

LASS MICH
DICH MIT EINEM
LÄCHELN VER-
ABSCHIEDEN.

WAS BIN ICH FÜR DICH?

SAG MIR ZUM SCHLUSS NUR EINS.

PASS AUF DICH AUF ...

EIN KUMPEL FÜRS ESSEN?

JEMAND FÜR SEX?

EIN FREUND?

DU BIST JEMAND GANZ BESONDERES FÜR MICH.

DERJENIGE, DEM ICH IN DIESER WELT AM MEISTEN WÜNSCHE, DASS ER GLÜCKLICH WIRD.

YOSHIRO!

DU HAST DEINEN SCHLÜSSEL LIEGEN LAS...

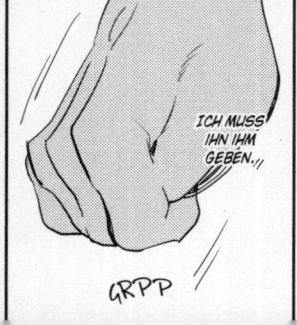

ICH MUSS IHN IHM GEBEN..!!

GRPP

ICH KANN IHN NOCH EINHOLEN.

KLING

ICH WÜNSCHE MIR, DASS DU GLÜCKLICH WIRST.

PLP

PLP

PLP

PLP

PLP

DIE ÄRZTE MEINTEN, SIE ERHOLT SICH SCHNELL.

MORGEN WERDEN DIE FÄDEN GEZOGEN, ODER?

SIE FREUT SICH SCHON, ENDLICH WIEDER MAL EIN BAD ZU NEHMEN.

DAS FREUT MICH, YOSHIRO!

FSCHHHHH

OH, ALSO ... JA, ABER ICH GLAUBE NICHT, DASS ICH ...

GNN

ÜBER DIE ÄLTESTE TOCHTER VON HERRN FUKAHORI?

HAST DU NOCH MAL DRÜBER NACHGE- DACHT?

JEDENFALLS WÜRDE ES DEINE MUTTER VERDAMMT GLÜCKLICH MACHEN.

SAG DAS DOCH NICHT SO!

ABER SIE MEINT ES ERNST! SIE WÜRDE DIR ...

... AUCH SO EINIGES NACH- SEHEN!

FLÜSTER

FLÜSTER

NACH UNSERER PAUSE MELDEN WIR UNS HEUTE WIEDER ZURÜCK AUF SENDUNG!

HALLO ...

DA SIND WIR WIEDER!

WILLST DU DEINE KRANKE MUTTER NICHT ETWAS BERUHIGEN?

DESWEGEN BIST DU DOCH ZURÜCK- GEKOMMEN, ODER?

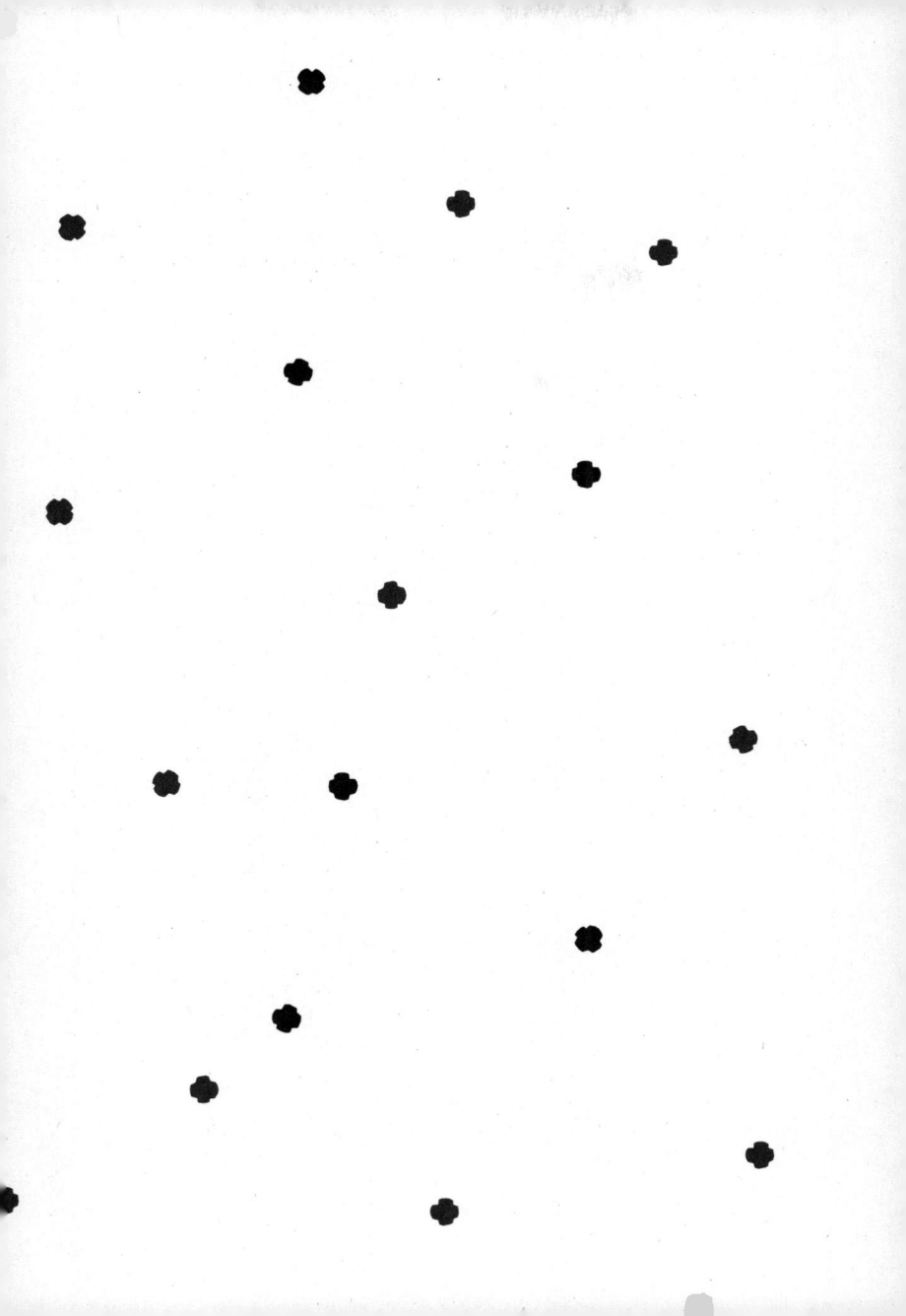

ABER DIE SENDUNG GUCK ICH AUCH GERN.

MAMA ...

ICH FINDE DEN REPORTER SCHNUCKELIG! ♡

SCHLUCK

OH.

AM SÜSSESTEN FINDE ICH IHN, WENN ER ISST ...

WÄRE DAS DEIN TYP MANN?

JA, ODER?

RUMMS

ALS MUTTER KANN ICH GAR NICHT HINSEHEN, WIE ER FASTET.

ACH WAS, EHER EIN TOLLER SCHWIEGERSOHN.

HA

DAS
...

UND SEIN
ADAMS-
APFEL
ERST, WENN
ER KALT.
SUPER-
SEXY
...

... SAGEN
SEINE
FANS.

VER-
STEHE.

WENN ER SICH
BEIDE BACKEN
MIT SEINEM
LIEBLINGSESSEN
VOLLSTOPFT,
LEUCHTEN SEINE
AUGEN SO UND ER
SIEHT UNGLAUB-
LICH ZUFRIEDEN
AUS.

UND
WENN IHM
WAS NICHT
SCHMECKT,
DANN GEHT
SEINE EINE
AUGENBRAUE
IMMER LEICHT
NACH UNTEN.
DAS IST SO
SÜSS.

SWUSCH

ICH
KOMM GLEICH
WIEDER!

OH, STIMMT
JA. DER ARZT
WOLLTE MICH
NOCH MAL
SPRECHEN.

KLACK

HAT DIR YOSHIRO ECHT SEINE LIEBE GESTANDEN?

JA, ABER ER MEINTE, WIR KÖNNEN AUCH FREUNDE BLEIBEN.

SCHON OKAY.

NEIN, ABER ...

ABER DANN IST ER GANZ ALLEIN.

AM SCHLUSS ÜBER-FÄLLT DER DICH NOCH!

WILLST DU, DASS DICH DIE MÄDCHEN FÜR 'NEN HOMO HALTEN?

GRPP

KOMM, WIR ESSEN WOANDERS.

FWRL

ICH BLEIB
EINFACH
WEG, DANN
HAT SICH DIE
SACHE.

JETZT
KANN
ICH ...

...
SOWIESO
NICHTS
MEHR TUN.

GENAU.

ICH WILL
DOCH GESUND
WERDEN, DAMIT
DU WIEDER IN
DEINE WOHNUNG
ZURÜCK KANNST.

HAT ER
GESAGT,
WANN
ICH ENT-
LASSEN
WERDE?

ICH GEH
NICHT MEHR
ZURÜCK ...

JA,
IN EINER
WOCHE.

146

DAS WÄRE IM KASTEN!

GUTE ARBEIT ALLERSEITS!

ICH BLEIBE HIER. FÜR IMMER.

ICH BLEIB BEI DIR, MAMA.

SLPP

SLPP

SLPP

IN MEINEM NÄCHSTEN LEBEN WÄR ICH GERN 'NE KATZE.

UND YOSHIRO SOLL MEIN HERRCHEN SEIN.

IHR HABT'S GUT.

ESST FÜR MICH MIT.

MIAU

WIR FILMEN WEITER!

WIE LANG FÜTTERST DU DIE NOCH?

DU DREHST NOCH VÖLLIG DURCH ...

MIAU

MIAU

PA

DU SPACKO! WEISST DU NOCH, WIE DU GESAGT HAST, DU MÖCHTEST DER WELTBESTE ESSENSREPORTER WERDEN?!

HAB ICH DAS?

DU HAST DAS ZEUG DAZU! UND HIER WERDEN WIR ES AUS DIR RAUSKITZELN!

MM

ESSZIMMER

SCHRRR

WAS GLAUBST DU WOHL, WESHALB ICH DICH FASTEN LASSE?

WEIL DU FIES BIST?

UND DANN LIEFERST DU UNS BITTE IRGENDWAS BRAUCHBARES! DEINE BESTE REAKTION!

KLOK

QUOTEN! BESSERE QUOTEN!

GEHT DAS IN DEINEN DICK-SCHÄDEL?!

DAS IST REISBREI.

ESSEN ...

DENK DRAN, WIE DU GELITTEN HAST! UND JETZT ZEIG UNS, WIE DU DICH FREUST!

Yeah!

SIE BRECHEN HEUTE ABEND IHR FASTEN UND BEGINNEN LANGSAM WIEDER DAMIT, ESSEN AUFZU-NEHMEN.

SHOGO, WIE SCHMECKT'S?

GU

LP

DER TYP
IST SO
WAS VON
DURCH!

FLÜSTER

... KÖSTLICH
...

DAS
WAR
...

...

PZTT

DER
REPORTER SAH
NICHT GERADE
GLÜCKLICH
AUS, ODER?

LASS
DOCH AN!

OH,
TUT MIR
LEID ...

DA FÄLLT MIR EIN, DASS DU ALS KLEINER JUNGE ...

... DEIN ESSEN MIT DIESEM VIELFRASS GETEILT HAST.

WIE HIESS DER NOCH GLEICH? DER, MIT DEM DU OFT GESPIELT HAST ...

ICH KONNTE DAS EINFACH NICHT MIT ANSEHEN.

ACH SO.

WAR DAS SO?

OH, WENN DU HEIM DARFST, LADE ICH SHINICHI UND SEINE FAMILIE EIN.

DANN BESTELLEN WIR SUSHI UND FEIERN DEINE RÜCK-KEHR.

KANN MICH GAR NICHT MEHR ERINNERN.

ICH WEISS DOCH, WIE GERN DU LEUTE UM DICH HAST.

FASTEN-DOJO

ICH HAB NOCH IMMER SEINEN SCHLÜSSEL.

GRRRRL

HALLO, HIER IST SHOGO ...

EIN ANRUF?

GRRRL

BWWW

BWWW

?

GRRRL

SH...

SHOGO?

HALLO?

ÄH ...

ICH WÜRDE GERN WIEDER SEHEN, WIE DU DICH ORDENTLICH SATT ISST.

HOFFENTLICH BIST DU BALD WIEDER GANZ DER ALTE.

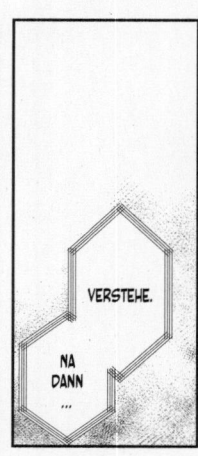

VERSTEHE.

NA DANN ...

DU WEISST JA, DASS MAN IM FERNSEHEN IMMER ALLES ÜBERTRIEBEN DARSTELLEN MUSS.

FASTEN IST FÜR KÖRPER UND GEIST JA WIRKLICH HEILSAM. EINE ART NEUANFANG.

ALSO DANN ...

...

DAS WAR GELOGEN! MIR GEHT'S SCHRECKLICH!

NICHT WEGEN DEM FASTEN.

ABER ...

Was?

ICH KANN FASTEN, SO VIEL ICH WILL, MEINE SEHNSUCHT NACH DIR VERSCHWINDET EINFACH NICHT.

UND AUCH WENN ICH NICHTS ESSE, DENKE ICH STÄNDIG AN DICH.

EGAL WAS ICH ESSE, ICH VERGLEICHE ALLES MIT DEINEM ESSEN.

IHR GESPRÄCHS-PARTNER IST ZURZEIT LEIDER NICHT ERREICHBAR.

SOLANGE ICH MICH FERNHALTE, ...

...WIRD ALLES GUT.

!

MIST! ER GEHT NICHT MEHR RAN.

SoftPunk 4G

Fujiyam

OH, DER DIREKTOR.

Wir filmen in zwei Tagen live, wie du das Dojo verlässt! ♫

Übrigens werde ich höchstpersönlich die Moderation übernehmen, also zeig mir, was für ein Mann du bist!

DANKE, SHIN, ...

ÜBER-MOR-GEN ...

... DASS DU UNS MIT DEM AUTO ABGEHOLT HAST.

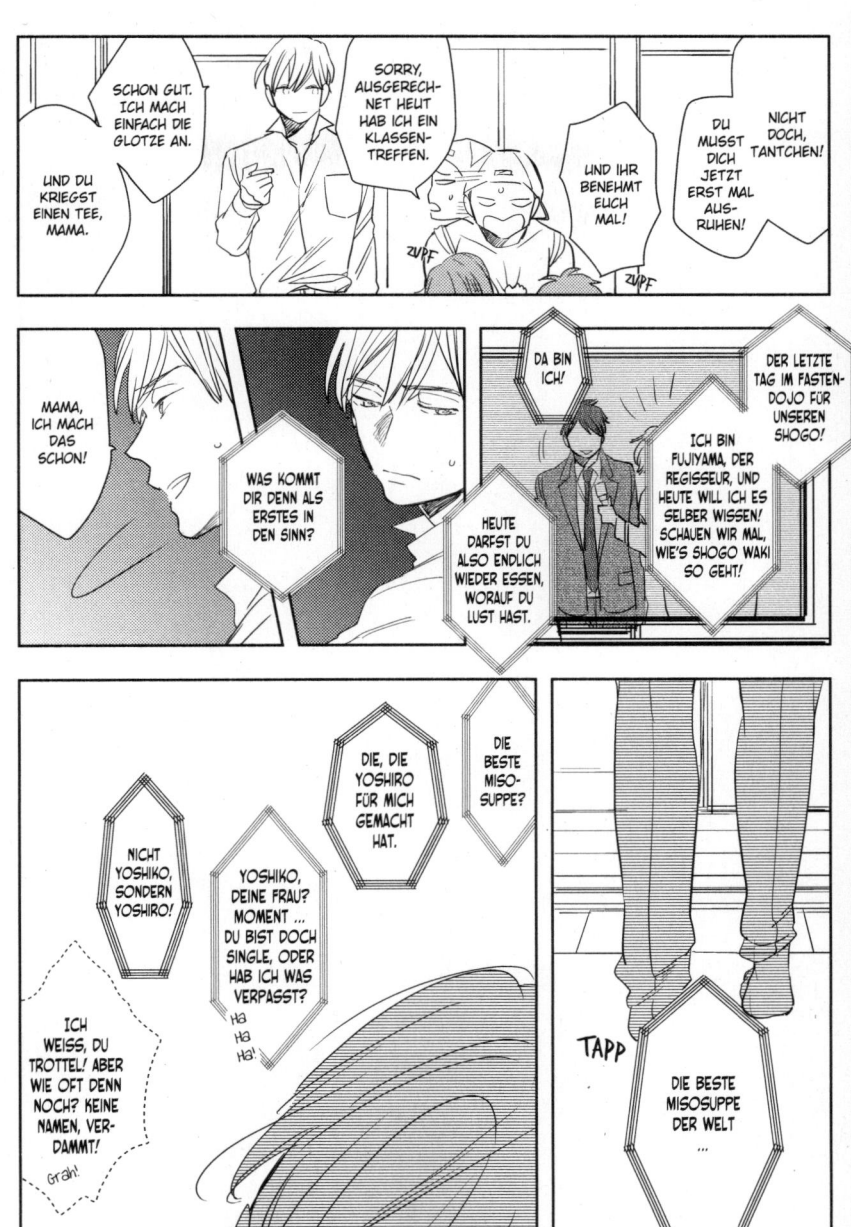

NICHT IM FERN-SEHEN, ...

...SON-DERN NEBEN IHM.

ICH WARTE HIER.

DARAUF, DASS DU NACH HAUSE KOMMST.

ALSO IST ES NUN AN MIR, ...

... IHM ZU ZEIGEN, WIE GLÜCK SCHMECKT.

PZTT

WA... WAS WAR DAS DENN GERADE?

Wir bitten für die kurze Unterbrechung um Entschuldigung.

Lädt ...

SHOGO HAT NUR AUF SEINE WEISE SEINE GEFÜHLE ZUM AUSDRUCK GEBRACHT.

HÄ?

GERADE-HERAUS, OHNE IRGEND-WELCHE UMSCHWEIFE ...

DAS WAR KEINE PANNE.

HAT DER ZU 'NEM KERL GESPRO-CHEN?! VOLL DIE LIVE-PANNE!

GRPP

ICH ...

... WOLLTE DAS AUCH SCHON LÄNGST TUN.

IN WIRKLICH-KEIT ...

DASS ICH DAS NOCH ERLEBEN DARF! DAFÜR LOHNT ES SICH, NOCH AM LEBEN ZU SEIN!

...

DAS IST DAS ERSTE MAL, DASS DU OFFEN ...

... ÜBER DEINE GEFÜHLE SPRICHST.

M... MAMA?

Warte!

ICH FÜHL MICH WIE NEU GEBOREN! ICH MACH GLEICH EINE MISOSUPPE!

WAS?

ABER ... ER IST EIN KERL.

ICH KANN ... IHN NICHT HEIRATEN ODER KINDER KRIEGEN ...

GNN

VERGISS DAS BITTE NICHT, JA?

DIESMAL WAR'S DAS, ODER?

NACH DER AKTION VORHIN WAHRSCHEINLICH SCHON.

KAMI

KLACK KLACK

VROOOM

VROOOM

DING DONG

FWA

MM

ENTSCHUL-
DIGEN SIE
DIE SPÄTE
STÖRUNG.

YOSHIRO WILL'S WISSEN!

DIE GOURMET-SHOW FÜR BRAVE JUNGS.

ICH BIN ...

... VOR DIR DAVON- GELAUFEN.

GRPP

YOSHIRO ...?

SCHÄM

BITTE.

MISO-
SUPPE
...

MEINE
MUTTER
HAT MIR BEI-
GEBRACHT,
WIE SIE SIE
MACHT. IST,
GLAUBE ICH,
PERFEKT
GEWORDEN.

OHNE
MICH ...

... WÄRST
DU BESSER
DRAN.

ICH
FÜHLE
MICH SO
GEEHRT!

ABER ...

... DU HAST
MICH EINES
BESSEREN
BELEHRT.

... WENN WIR
ZUSAMMEN
WAREN.

... HAT MICH
IMMER TOTAL
FERTIG-
GEMACHT,
...

DASS
ICH DAS
GEDACHT
HABE, ...

ENDE

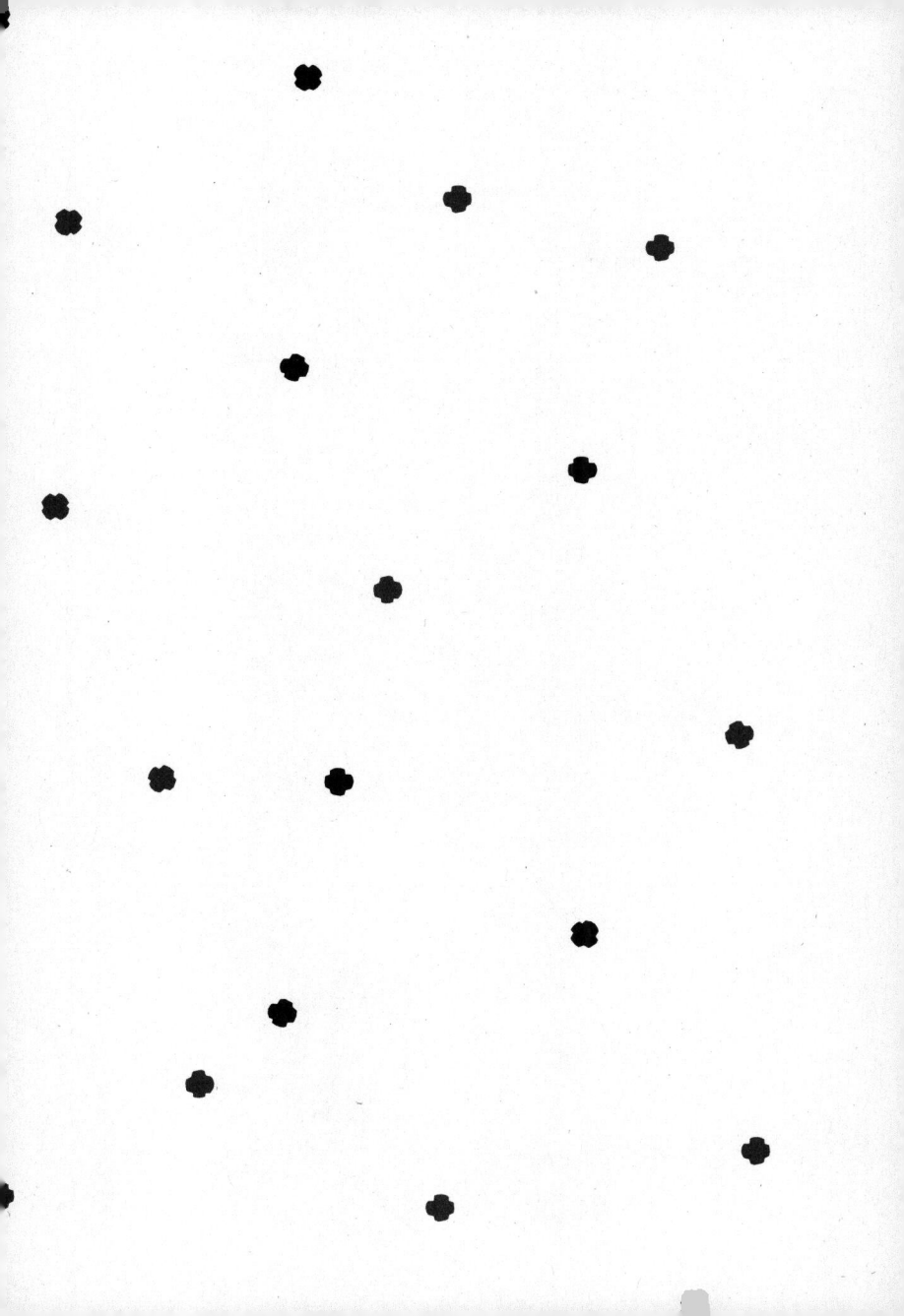

EINE PORTION GLÜCK ZUM FRÜHSTÜCK

SEIT KURZER ZEIT LEBE ICH HOCH-OFFIZIELL...

... MIT MEINEM FREUND ZUSAMMEN.

ICH BIN ALSO ERNEUT UMGEZOGEN.

GUTEN MORGEN ALLERSEITS!

MEIN NAME IST SHOGO WAKI!

UND DIESMAL AUF UNBESTIMMTE ZEIT, VERSTEHT SICH!

ALSO MÖCHTE ICH EUCH GERNE MEINE NEUE RUBRIK VORSTELLEN!

WAKI WILL'S WISSEN! WIE LEBT ES SICH ALS TURTEL-TÄUBCHEN?

Bleibt dran!

WÄRE LUSTIG.

NICHT NUR MEINE ZUNGE, AUCH MEIN KOPF SCHEINT RECHT LANGSAM ZU SEIN.

T... TUT MIR SO LEID!

WAS MEINST DU?

ALSO IRGEND-WIE MUSS SICH YOSHIRO MAL LOCKER MACHEN ...

OHA!

MACHST DU AB JETZT JEDEN MORGEN MISOSUPPE FÜR MICH?

DOCH NICHT ETWA ...

DAS IST MEINE SCHULD ...

JEDEN-FALLS ...

... WILL ICH DIR KEINE UMSTÄNDE BEREITEN!

P I N G

URGH, ICH BIN SO SCHLECHT MIT WORTEN!

HFF

NUR, WEIL ICH GESAGT HABE, ICH HÄTTE JEDEN MORGEN GERN EINE MISOSUPPE ...

DAMIT WOLLTE ICH EIGENTLICH NUR SAGEN, DASS ICH GERN JEDEN MORGEN MIT DIR VERBRINGEN MÖCHTE.

ICH WOLLTE NUR, DASS DU AUCH MAL IN DEN GENUSS KOMMST.

WENN MAN MORGENS AUFWACHT UND DAS FRÜHSTÜCK SCHON AUF DEM TISCH STEHT ....

TUST DU DOCH NICHT.

GRRL

CHRRR SCHNARCH

ICH WOLLTE DAS MIT DIR TEILEN.

GRRL

BDVM

KNULURR

ICH FÜR MEINEN TEIL ...

... KANN MIR NICHTS SCHÖNERES VORSTEL-LEN.

MIR IST DA NUR WAS KLAR-GEWORDEN, SEIT WIR ZUSAMMEN-WOHNEN.

... DIR MEINE GEFÜHLE ZU ZEIGEN.

ES IST MEINE ART, ...

DESHALB STEH ICH IMMER VOR DIR AUF.

ICH TU'S ALSO IM GRUNDE FÜR MICH SELBST.

ABER GESTERN HAB ICH'S WOHL ETWAS ÜBER-TRIEBEN ...

ICH DACHTE, ICH STECK DAS WEG, ABER AUCH ICH WERDE ÄLTER.

DU MACHST MIR KEINE UMSTÄNDE. ICH WILL NUR NICHT DIESES GLÜCK AM MORGEN VERSCHLAFEN.

DAS WÄRE SCHADE.

LÄCHEL

■ Danke, dass ihr „Der Geschmack von Glück" gekauft habt! Ich hatte zuvor im BExBOY-Magazin „Sofure Buka" veröffentlicht, inklusive eines One-Shots namens „First Bite", bei dem es um den Lunchbox-Mann Yoshiro ging. Dies ist nun seine Fortsetzung. Ich hoffe, ihr hattet Spaß beim Lesen, auch wenn ihr den One-Shot nicht gelesen habt.

■ Als ich während der Arbeiten an der Serie von den morgendlichen Gymnastikübungen im Radio schon Muskelkater bekommen habe, habe ich beschlossen, etwas mehr Sport zu treiben. Seitdem schmeckt mir das Essen aber so verdammt gut, dass ich meine Stäbchen praktisch nicht mehr aus der Hand legen kann. Auch nicht gerade gesund. Während ich diese Zeilen schreibe, grüble ich schon, was es gleich zum Frühstück geben wird ... Glück zeigt sich auch in kleinen Dingen.

■ Bei der Arbeit hab ich mich sowohl von gezeichnetem als auch von echtem Essen inspirieren lassen, das immer unglaublich lecker aussah. Auf dass ich noch viel besser werde, zumindest beim Zeichnen ...

■ Ich möchte meinem stets freundlichen und gut gelaunten Radakteur S danken, dem Designer des Covers, allen, die in den Herstellungsprozess dieses Mangas involviert waren, und natürlich auch all meinen Leserinnen und Lesern, die mich seit Beginn der Veröffentlichung unterstützen. Eure Fanpost und auch die Umfragebögen bedeuten mir die Welt!

Danke, dass ihr meine Zeilen bis zu Ende gelesen habt!   KAKINE, März 2018

Verstehe!

Das könnte shogo auch gefallen.

... und ich dann merke, dass der Duft aus unserer Wohnung kommt!

Für mich ist das größte Glück, wenn mir auf dem Heimweg plötzlich der Duft von selbst gemachtem Curry in die Nase steigt ...

*TSUYOSHI KOMMT, EINMAL IM MONAT ZUM KOCHUNTERRICHT VORBEI.

Der Geschmack
✿ von Glück ✿

libre

REN-CHIN! © KAKINE / libre 2018
Original Cover Design: MIYA SHIMA / SILO

First published in Japan in 2018 by Libre Inc.,Tokyo.
German translation rights arranged with Libre Inc., Tokyo
through Tuttle-Mori Agency, Inc., Tokyo.

Deutschsprachige Ausgabe / German Edition
© 2020 VIZ Media Switzerland SA
CH-1007 Lausanne

Verlegt unter dem Label KAZÉ MANGA
durch VIZ Media Switzerland SA

Aus dem Japanischen von Gandalf Bartholomäus

Redaktion: Christin Tewes

Herstellung: Sonja Lesch

Lettering: Studio CHARON

Druck und Bindung: GGP Media GmbH, Pößneck

Alle deutschen Rechte vorbehalten.

ISBN: 978-2-88921-823-3